Al volante / At the Wheel

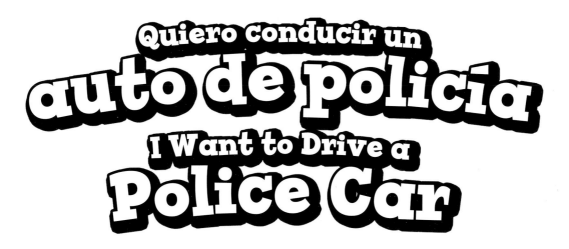

Quiero conducir un auto de policía
I Want to Drive a Police Car

Henry Abbot

traducido por / translated by

Eida de la Vega

ilustrado por / illustrated by

Aurora Aguilera

PowerKiDS
press.

New York

Published in 2017 by The Rosen Publishing Group, Inc.
29 East 21st Street, New York, NY 10010

First Edition

Translator: Eida de la Vega
Editorial Director, Spanish: Nathalie Beullens-Maoui
Editor, English: Theresa Morlock
Book Design: Michael Flynn
Illustrator: Aurora Aguilera

Cataloging-in-Publication Data

Names: Abbot, Henry.
Title: I want to drive a police car = Quiero conducir un auto de policía / Henry Abbot.
Description: New York : PowerKids Press, 2017. | Series: At the wheel = Al volante| Includes index.
Identifiers: ISBN 9781499428322 (library bound)
Subjects: LCSH: Police vehicles–Juvenile literature.
Classification: LCC HV7936.V4 A23 2017 | DDC 363.2'32–d23

Manufactured in the United States of America

CPSIA Compliance Information: Batch #BW17PK: For Further Information contact Rosen Publishing, New York, New York at 1-800-237-9932

Contenido

Contents

Los hombres y las mujeres policías conducen carros de policía. Utilizan estos vehículos para llegar hasta las personas que necesitan ayuda.

Policemen and policewomen drive police cars.
They drive them to people who need help.

6

Me gustaría conducir un carro de policía.
¿Cómo sería?

I want to drive a police car. What would it be like?

Recibo una llamada de que alguien necesita ayuda.

I get a call that someone needs help.

8

¡Es hora de salir!

It's time to go!

Tomo el asiento del conductor.

I get in the driver's seat.

Me abrocho el cinturón de seguridad.

I buckle my seatbelt.

Salgo de la estación de policía.

¡El carro de policía va muy rápido!

I pull out of the police station.
The police car goes really fast!

Presiono un interruptor.

I flip a switch.

Se encienden las luces rojas y azules. Son brillantes.

It turns on the red-and-blue lights. They're bright.

Presiono otro interruptor.

I flip another switch.

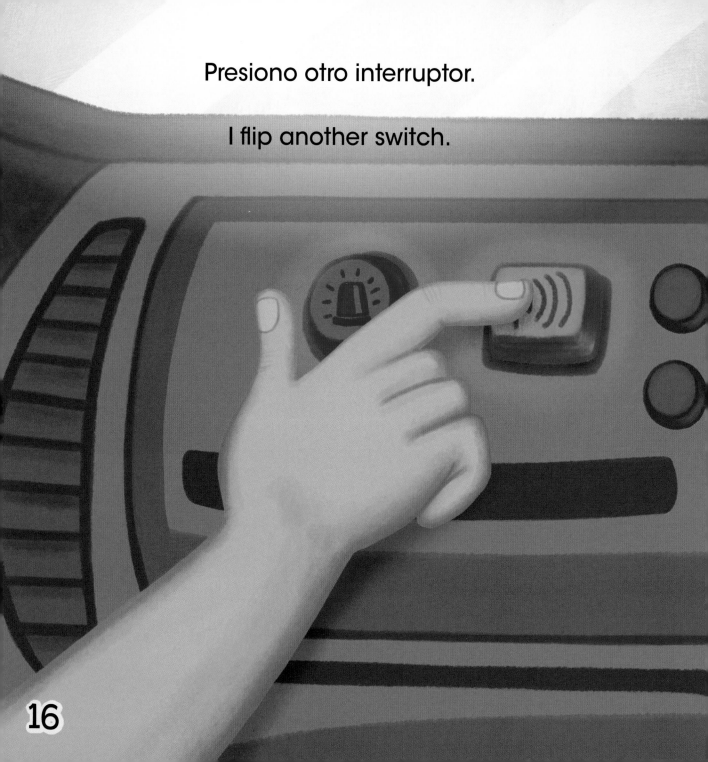

Se enciende la sirena. ¡Hace mucho ruido!

It turns on the siren. It's loud!

La gente sabe que voy de prisa.

Los otros carros se apartan del camino.

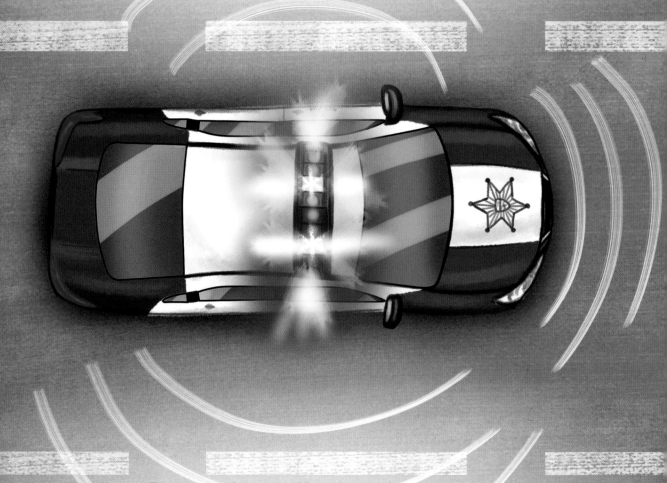

People know I'm in a hurry.

Other cars move out of the way.

19

El carro de policía me lleva a donde tengo que ir.
Ahora puedo ayudar a las personas.

The police car takes me where I need to go.
I can help people now.

Es hora de regresar a la estación. ¡El carro de policía estará listo si otra persona necesita ayuda!

It's time to take the police car back to the station.
It will be there when someone else needs help!

Palabras que debes aprender
Words to Know

(las) luces
lights

(el) cinturón de
seguridad
seatbelt

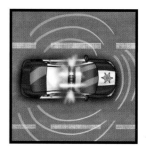

(la) sirena
siren

Índice / Index